Charles Perrault

PIEL DE ASNO · DONKEYSKIN

Reescrito por / Retold by

Sofía Rhei

Ilustraciones de / Illustrated by

Sandra Rilova

Primera edición: 2017
Texto: Sofía Rhei © 2017
Traducción: James Womack © 2017
Ilustraciones: Sandra Rilova © 2017
Edición: Nevsky Prospects S.L. © 2017
Diseño de portada: Zuri Negrín © 2017

edicionesnevsky.com

Coordinación: Marian Womack

ISBN: 978-84-945913-8-9
IBIC: YBC
Depósito Legal: M-26014-2017
Impresión: Unigraf
Tipografía: Hoefler Text

Nevsky Prospects S.L.
2017

Cualquier forma de reproducción, distribución, comunicación pública o transformación de esta obra solo puede ser realizada con la autorización de sus titulares, salvo excepción prevista por la ley. Diríjase a CEDRO (Centro Español de Derechos Reprográficos) si necesita fotocopiar o escanear algún fragmento de esta obra (www.conlicencia.com; 917021970 / 932720447).

Libro impreso en papel procedente de fuentes sostenibles y certificado como papel ecológico..

PIEL DE ASNO · DONKEYSKIN

Al príncipe le gustaba pasear por la ciudad, disfrazado de comerciante. Un domingo caminaba por el barrio más pobre cuando, por una grieta en una pared, creyó ver una luz tan brillante como la de la luna llena.

—Perdonad —le preguntó a un vecino—, ¿quién reside en esta casa?

—Ahí solo vive Piel de Asno —le respondieron.

The prince liked to go out for walks dressed as a merchant. One Sunday he was walking through the poorest part of the city when he thought he saw, through a crack in a wall, a light as bright as that of the full moon.

'Excuse me,' he asked one of the neighbours, 'who lives in this house?'

'No one, only Donkeyskin,' they said.

Pero el príncipe no era de los que se rinden. El domingo siguiente regresó al mismo edificio humilde y miró por la grieta. Vio a una mujer hermosísima que llevaba un vestido tan resplandeciente como el mismo sol.

—¿Por qué llaman Piel de Asno a una mujer tan bella? —preguntó a una vecina.

—¿Bella, decís? ¡Pero si tiene la piel gris y mugrienta, y los dientes más negros que la pez!

Todos los que estaban cerca se echaron a reír.

But the prince did not give up so easily. The next Sunday he went back to the same little building and looked through the crack in the wall. He saw a very beautiful woman, wearing a dress as bright as the sun itself.

'Why do they call this woman Donkeyskin, when she is so beautiful?' he asked another neighbour.

'Beautiful? But her skin is grey and filthy, and her teeth are brown as walnuts!'

And everyone who heard this burst out laughing.

El tercer domingo, el príncipe regresó y vio por la grieta a la misma mujer, con un vestido aún más maravilloso. En lugar de preguntar a nadie, esperó a la puerta.

Entonces oyó un bastonazo en el suelo. Un baúl entró volando por la chimenea de la humilde morada. El príncipe aguardó otro rato, y vio salir a una mujer cubierta con la mugrienta piel de una bestia.

On the third Sunday, the prince came back and saw through the crack in the wall the same woman, wearing an even more wonderful dress. He didn't speak to anyone, but waited by the door.

Then he heard a knocking on the floor. A chest came flying down the chimney of the humble little house. The prince paused a little longer, and saw a woman coming out, covered in the filthy skin of some animal.

El principe ideó una estratagema para descubrir la verdadera identidad de la muchacha. Le pidió a su chambelán:

—Quiero que Piel de Asno cocine un panecillo para mi.

El chambelán arrugó la nariz, extrañado, y pensó que vaya cosas más raras pedían a veces los príncipes.

The prince had an idea of how he might find out who this woman really was. He called for his chamberlain:

'I want Donkeyskin to bake me a loaf of bread.'

The chamberlain wrinkled his nose in surprise, and thought to himself that princes sometimes asked for some pretty funny things.

Al día siguiente, justo a tiempo para el desayuno, el príncipe recibió el más perfecto y hermoso de los panecillos. Lo abrió por la mitad, disfrutó de su apetitoso aroma. En el interior, como había esperado, encontró un anillo.

The next day, just in time for breakfast, the prince received the most perfect loaf of bread imaginable. He opened it up and enjoyed its pleasant smell. Inside, just as he had hoped, was a ring.

El príncipe mandó llamar a Piel de Asno. Los cortesanos se espantaron al verla con su pelliza y su bastón.

—Creo que esto os pertenece —le dijo el principe, devolviéndole el anillo—. Y también me gustaría saber cómo es posible que la más humilde de las sirvientas tenga un anillo tan hermoso.

Piel de Asno suspiró.

—Os contaré mi historia. Pero primero quiero estar a solas en la torre más alta del castillo.

The prince sent for Donkeyskin. The courtiers were shocked to see her, with her thick coat and her stick.

'I think this is yours,' the prince said, and he gave her back the ring. 'And I would be interested to know how the most wretched of all my subjects has such a beautiful ring.'

Donkeyskin sighed.

'I will tell you my story. But first of all I would like to go alone to the tallest tower in the castle.'

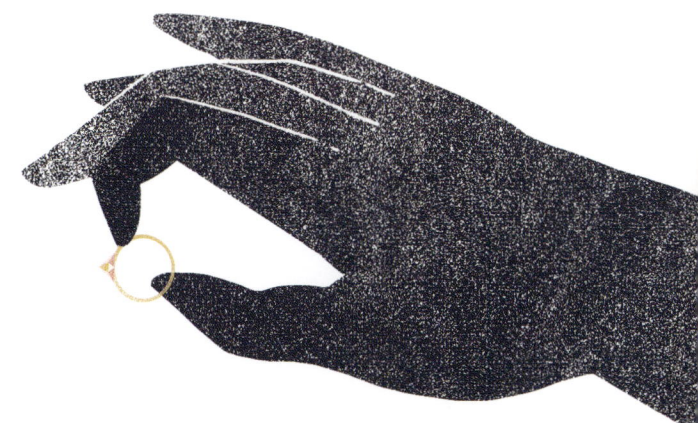

El príncipe accedió a la petición. Mientras esperaba, salió a cabalgar por los jardines de palacio. Oyó un fuerte bastonazo y vio que un baúl entraba volando por la ventana de la torre más alta.

The prince agreed to her request. While he was waiting, he set out for a ride in the palace gardens. He heard a loud knocking sound and saw a chest fly through the window of the tallest tower.

Piel de Asno volvió a presentarse ante el príncipe cubierta por una capa.

—Vengo de un país lejano. El rey, que ya era viejo, se encaprichó conmigo y se empeñó en pedir mi mano. Estaba tan decidido que nunca aceptaría un no por respuesta. Para convencerme, me ofreció tres regalos antes de la boda. Así que solicité el consejo del Hada de las Lilas.

Donkeyskin came back into the prince's court, wearing a cape.

'I come from a distant land. The king, who was an old man, became obsessed by me and tried to get me to marry him. He was so keen that he wouldn't take no for an answer. To get me to change my mind, he offered me three gifts. And so I went to ask the Lilac Fairy for help.

—El hada me recomendó que le pidiera al rey un capricho tan extravagante que fuera imposible de complacer. Un vestido del color de la luna, por ejemplo. Pero al día siguiente el rey me sorprendió con el más exquisito de los vestidos, resplandeciente como la luna de verano.

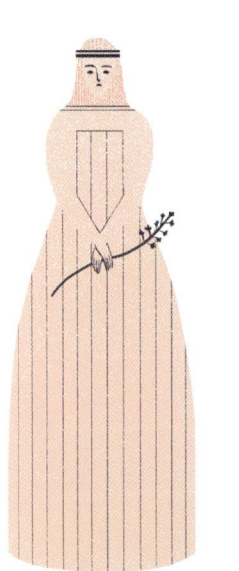

'The Lilac Fairy said that I should ask the king for something so extravagant that it would be impossible for him to get it for me. A dress the colour of the moon, for example. But the very next day the king brought me the most exquisite dress, shining brightly as a summer moon.

—Asustada, le rogué al hada que me diera una idea aún más imposible. Ella propuso que pidiera un vestido del color del sol. Al día siguiente, el rey me regaló un vestido tan dorado y luminoso que hacía llorar. Puse como excusa que tanto brillo me había cegado y me fui a mis aposentos a llorar.

'I was scared, and asked the fairy to give me an even more impossible idea. She said I should ask for a dress the colour of the sun. The next day the king brought me a dress that was so golden and so bright that it made you cry to see it. I excused myself, saying that the brightness had blinded me, and went to my chambers to cry.'

—¿Y qué pasó después? —preguntó el príncipe.

—El Hada de las Lilas pensó y pensó hasta que por fin tuvo una idea. Me dijo que pidiera un vestido del color del tiempo, puesto que nadie sabe de qué color es el tiempo.

'And what happened next?' the prince asked.

'The Lilac Fairy thought and thought until she had an idea. She said I should ask for a dress the colour of time, because no one knows what colour time is.'

   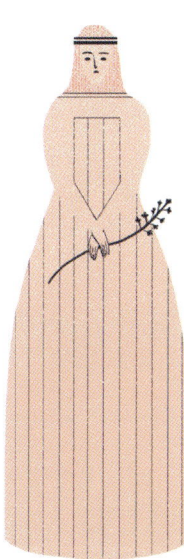

—Piel de Asno suspiró bajo la capa.

—Sin embargo, el rey consiguió el vestido imposible. Los tres regalos habían sido concedidos y se fijó la fecha de la boda para el día siguiente. Angustiada, le pregunté al hada qué hacer. Ella lo pensó durante unos segundos, y luego dijo: "¡Huyamos!"

De modo que esa noche nos escapamos a lomos del asno más viejecito, ya que nadie lo echaría de menos.

Donkeyskin sighed from underneath her cape.

'But the king managed to get the impossible dress. He had given me three presents, and the wedding was now arranged for the very next day. I was terrified, and asked the fairy what to do. She thought for a moment, then said, "Run away!"

'So that night we escaped on the back of the oldest donkey in the kingdom, an animal that no one would miss.'

A Piel de Asno se le escapó una lágrima.

—Desgraciadamente, el asno que tanto nos había ayudado murió por el camino. El hada convirtió su piel en un disfraz para esconderme. Llevo varios años huyendo de esta guisa. Afortunadamente, el hada me concedió el poder de invocar mi cofre de ropa con el bastón. Los domingos, cuando nadie me ve, me pongo guapa para consolarme.

Donkeyskin shed a tear.

'Sadly, the donkey that helped us so much died on the way. The fairy turned its skin into a disguise for me to wear. I have spent many years in hiding. Luckily, the fairy gave me the power to summon my chest of clothes by knocking on the floor with my stick. On Sundays, when no one can see me, I put on my fine clothes to cheer myself up.'

El principe le pidió que se casara con él. Entonces ella se descubrió, mostrando su belleza natural, sin la piel de asno ni vestidos magníficos. A él le pareció más hermosa que nunca, y admiró que tuviera un carácter tan dulce después de todo lo que había pasado. Ella comprendió que era bondadoso e inteligente y aceptó.

Y fueron todo lo felices que pueden ser las personas que saben escucharse.

The prince asked Donkeyskin to marry him. She pulled back her cape, showing how beautiful she was, without the donkey skin and even without her magnificent dresses. He thought she was more beautiful than ever, and was also charmed that she was so sweet even after all she had been through. She understood that he was kind and intelligent, and accepted his proposal.

And they were as happy together as two people who truly understand one another can be.

Este libro nació el día 9 de octubre de 2017